U0061178

世界童話

·故事繪本·

宋詒瑞、張錫昌　編著

新雅文化事業有限公司
www.sunya.com.hk

給孩子的話

童話故事是孩子最親密的伙伴，帶領他們踏上奇妙的旅程，沉醉在想像無限的故事世界之中，從中得到各種智慧和啟發。

《世界童話故事繪本》彙集了來自九個國家和地區，共十八個精彩童話故事。這些源自**中國、俄羅斯、日本、美國、北歐、法國、英國、德國和意大利**的故事，都有着不同的文化背景，各具獨特的魅力，讓孩子們從中體驗世界各地的生活和文化。

書中的童話故事以簡潔輕鬆的文字寫成，適合小學生閱讀。插圖方面，也配合各地的文化特色，比如意大利童話〈鸚鵡〉的

插圖線條鮮明，色彩豔麗，亦繪畫出當時的衣着打扮，讓讀者更投入故事情節。每篇童話故事的完結後都附有**「給孩子的小智慧」**和**「多一點想像」**，讓讀者能夠得到童話中的智慧和啟示，幫助理解故事中蘊含的價值觀和人生哲理；以及引導孩子多想像和作多角度思考。

孩子們，希望這些童話故事能夠陪伴你們度過美好的時光，激發想像力和創造力，並體驗到勇氣、善良和智慧的力量。

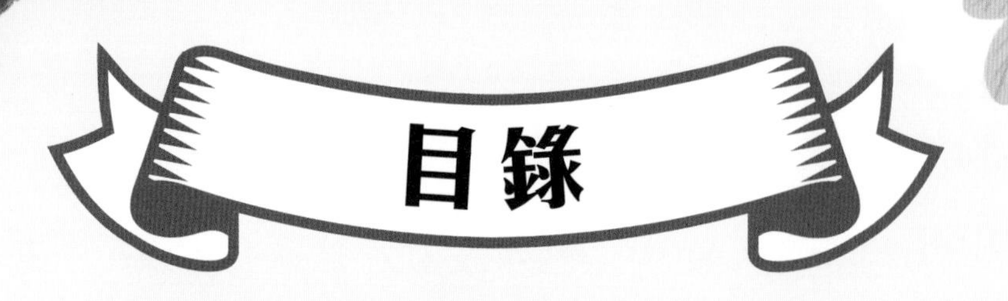

目錄

中國童話

俄羅斯童話

日本童話

美國童話

北歐童話

法國童話

英國童話

德國童話

意大利童話

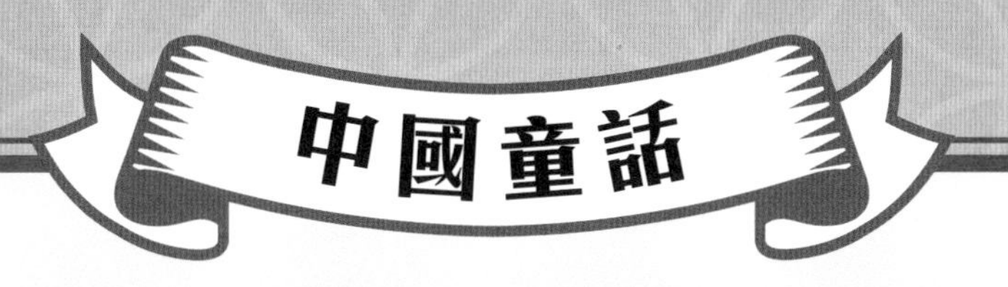

小貓釣魚

文：宋詒瑞
圖：李成宇

小貓釣魚

窗外陽光明媚，鮮花盛開，小鳥在枝頭吱吱唱，啊，多麼美麗的春天早晨！貓媽媽來到貓姊弟窗前，溫柔地叫道：「起牀啦！時間不早了！」

弟弟咪咪揉揉雙眼：「讓我再睡一會吧！」

媽媽問道：「別忘了，今天我們要去做什麼呀？」

姊姊妙妙記得：「喔，我們要去釣魚！」

「是啊，家裏的魚都吃完了，咪咪，你説怎麼辦呢？」

咪咪最喜歡吃魚了，他馬上睜開雙眼坐了起來：「對！我要自己去釣魚，吃自己釣的大魚！」

妙妙和咪咪提着一個釣魚籃，拿着自己的釣魚竿和小凳子，跟着媽媽來到小河邊。

清風拂人，河水隨風輕輕流淌着，若隱若現的魚兒在水中游來游去，好像在對咪咪說：來呀，有本事來捉我吧！

咪咪摩拳擦掌，迫不及待了！

他學媽媽和姊姊，把魚餌掛在魚鈎上，用力把魚鈎拋到水中，然後就坐在小凳上，等待魚兒上鈎。

哎呀，還不見水中有什麼動靜……好像過了好久了呀，怎麼魚兒不上鈎？

咪咪等得有些不耐煩了。

這時，一隻蜻蜓飛了過來，透明的雙翼在陽光下閃閃發亮。喲，真像一隻小飛機在空中飛翔。咪咪想：我從來沒有捉到過蜻蜓，這次不能放過牠！

咪咪放下魚竿去捉蜻蜓。蜻蜓飛得很低，眼看就要捉到手，卻又向前飛走了。咪咪跟着牠跑了一程，眼看這小飛機越飛越高，越飛越遠，唉，捉不到了！

咪咪很失望，垂頭喪氣回到河邊，重新拿起魚竿，等待魚兒上釣。

太陽已經升到了半空中，曬得咪咪全身熱烘烘的，還出了一些汗呢！眼看坐在不遠處的媽媽和姊姊妙妙都曾經幾次提起魚竿釣到了魚，怎麼魚兒還不上我的鈎，是不是今天要與我作對，存心不與我合作？

咪咪正在胡思亂想的時候，一隻花蝴蝶飛了過來。那真是一隻漂亮的蝴蝶——翅膀上有着紅白兩色花紋，色彩斑斕，光亮奪目。咪咪想：我從來沒見過這麼美麗的蝴蝶，一定要把牠捉到手做標本！

咪咪放下魚竿去追蝴蝶。花蝴蝶悠然撲騰着翅膀，緩慢地飛着，看來很容易捉到手。有一次咪咪伸手撲去，差不多已經碰到蝴蝶的翅膀，但是只見牠靈巧地一閃，就避開了。咪咪不甘心，幾次三番去撲，都不成功，眼看蝴蝶一轉身鑽入花叢中，不見蹤影了！

咪咪嘟起嘴，不悅地回到河邊，拿起魚竿繼續釣魚。

喲，咪咪覺得手中的魚竿變得沉重了，他心中一喜，用力往上拉。拉上來了，一看，咦，原來是一隻爛草鞋！

咪咪氣得把魚竿扔在地上。這時傳來一陣輕笑聲，一隻青蛙從河中跳出來到咪咪身旁。牠是咪咪的玩伴青青。

「怎麼，不高興了？」青青笑着説，「別生氣，這是我開的玩笑。我看你釣魚一點也不專心，一會兒去捉蜻蜓，一會兒去追蝴蝶，這樣怎麼能釣到魚啊？你瞧你媽媽和姊姊，坐在那裏一動也不動，籃子裏已經有很多魚了！要不是我動手幫忙，你連這隻爛草鞋都釣不到呢！」説着，青青哈哈大笑，蹦蹦跳跳地走開了。

咪咪低頭想想，青青的惡作劇實在可惡，但是……牠說得有道理啊！為什麼媽媽和姊姊都能釣到魚，而我一無所獲呢？她們也沒有什麼特別本領呀，只是坐定不動而已，這很簡單，我也可以做到的！好，讓我也來試試！

於是，咪咪挺起身子坐正了，再次在魚鈎上掛了魚餌拋到水中。他兩眼緊盯水面，注視河裏的動靜，心中念着：等着，別着急，要有耐心，耐心等待……

等呀等呀，果然，沒有多久，魚竿一動，咪咪便小心翼翼地握緊魚竿，一點點往上提……哈哈，一條大魚在魚竿上翻騰，亮晶晶的魚鱗在陽光下閃閃發光，多麼美麗的一條魚，我自己釣到的一條魚！咪咪興奮得忍不住大叫：我釣到了！我成功了！

晚上的魚大餐，是咪咪吃過最美味最難忘的一餐。

給孩子的小智慧

- 做事要專心一致，才能得到好結果。
- 三心兩意的話，什麼也得不到。

多一點想像

1. 如果你是咪咪，一直也釣不到魚的話，你會怎樣做？
2. 如果你是咪咪的朋友青青，你會以什麼方法來幫助咪咪釣得到魚？

中國童話

猴子撈月

文：宋詒瑞
圖：李成宇

猴子撈月

在一座僻靜的山林裏，住着一羣快樂的猴子。

幾隻老猴帶領着許多大猴，大猴撫養着更多的小猴。年少的尊敬關心長輩，年長的關懷愛護小輩，幾百隻大小猴子相處和諧，過着和平幸福的日子。

一天晚上，一輪明月高掛在空中，好似一張白玉盤。潔白的月光普照林間，樹木都好像披上了一層白霜，山林顯得格外美麗寧靜。一隻老猴振臂高呼：「這麼好的月光，讓我們到山下的空地去玩玩吧！」

猴子們平日都在樹木中跳躍奔騰，在茂密的枝頭嬉戲遊玩，林間很少有可供任意奔跑的大片平地，所以大猴小猴都很喜歡下山去玩。一聽到老猴的呼叫，大家都不約而同齊聲歡呼：「好呀！下山去玩，下山去玩！」

在山下的平地上，猴子們蹦蹦跳跳，相互追逐奔跑，玩得十分開心。老猴們三三兩兩坐着閒聊，享受着這美好的月夜。

平地一角的一棵大樹旁有一口井。一隻小猴從沒見過井，好奇地走到井邊，兩手趴在井口，伸頭向井下探望。

正在此時，一片烏雲飄浮過來，遮住了月亮。霎時大地失去光明，變得黑沉沉一片。猴子們驚慌失措，紛紛喊道：「月亮呢？月亮到哪裏去了？」

烏雲漸漸飄走，月亮慢慢地又露臉了。趴在井邊的小猴見到井下的水面上出現了月亮，高興地大叫：「在這裏啊，月亮掉到水裏去了！」

他的叫聲驚動了一隻大猴，大猴跑過來向井裏一望，果然井裏有一個圓圓的月亮！他驚叫道：「不得了，月亮掉到井裏去了！大家來看呀！」

猴子們都迅速奔到井邊，爭先恐後向井下看去，個個驚呼：「哎呀，月亮真的跌進井裏去了，怎麼辦？」

猴子們手足無措。老猴聞聲趕過來了，他看到了井底的月亮，鎮靜地說：「很不幸，月亮不知怎麼會跌進井裏，我們一定要想辦法把它救出來！不然，月亮會被水淹死，我們就永遠沒有了月亮，晚上就會變得漆黑一團了！」

眾猴同聲附和：「是啊，我們不能沒有月亮！一定要想法子把它救出來！」

「可是，這口井很深，我們怎麼能把月亮撈上來呢？」發現月亮落井的小猴子說出了大家心中的疑問。

猴子們都抓耳撓頭，苦思苦想着辦法。

還是聰明的老猴有辦法！他指着井旁的大樹說：「我有一個辦法！只要我們齊心協力，一致行動，就可以成功！」說着老猴爬上大樹，對眾猴說：「你們仔細看我如何做，聽從我的指示一個個接着做！」

老猴把自己的長尾巴緊緊纏在一根粗壯的枝幹上，叫一隻大猴也爬上樹，從老猴身上滑下去，老猴雙手抓住了大猴的兩隻腳；另一隻大猴也如此做，三隻猴子就從樹上下垂成一條直線。如此一隻隻猴子跟着做，就形成了一條長長的猴子繩索，漸漸接近井裏的水面了。

最後，老猴叫報信的小猴排在這支隊伍的最下面，滑到水面撈月。小猴的手觸到了井水，可是他一碰到水中的月亮，月亮就搖動成了無數的碎片。小猴驚呼：「哎呀，不好了，我把月亮打碎了！」

老猴很生氣：「你怎麼這樣不小心！試試把月亮拼起來！」水中的月亮果然又恢復了原樣，小猴這才放心。他又伸出手去撈，哎呀，只要他一碰到月亮，月亮立刻又碎成一片片！他試了幾次都一樣。

小猴失望地叫道：「唉，我不會撈呀！月亮次次都被我打碎了！怎麼辦呢？」

掛在「繩索」上的猴子們都已精疲力竭，紛紛叫道：「快點撈呀，我們的手腳都發麻了，快要撐不住了！」

小猴被大家催得手足無措。正在此時，樹枝頂端的老猴抬頭一看，哈，月亮好端端的在天上呢！

他高興地大喊：「大家抬頭看！月亮沒有跌進井裏去呀！」

猴子們抬頭見到了月亮，趕快收起隊伍，哈哈，一個個笑倒在地上。

給孩子的小智慧

- 凡事要了解真相，不要被表面輕易矇騙。
- 多動腦筋，從不同角度思考。
- 團結合作能解決問題，即使過程中犯下了過錯，但也能一同找到方法。

多一點想像

1. 如果你是其中一隻猴子，而你知道月亮一直在天上，沒有掉進井裏，你要怎樣跟同伴們解釋？
2. 要是月亮真的掉進了井裏，世界會變成怎樣？

俄羅斯童話

貪婪的大臣

貪婪的大臣

文：張錫昌
圖：山貓

從前有個國王在出巡時不小心把刻有自己名字的珍貴戒指丟失了。他回到王宮後，立刻叫大臣貼出告示：誰拾到這枚戒指，就會得到重重的獎賞。

正巧，這戒指被一名士兵撿到了。他看到了這份告示，就直接來到了王宮門前。一個衞兵用刺刀擋住這個士兵，不讓他進去。士兵很客氣地對衞兵說：「你好，我撿到了國王丟失了的戒指。現在我要親自交給他。」衞兵聽了，才讓士兵走進王宮。

當士兵走到宮殿的迴廊時，迎面碰上一個大臣。這大臣衣着華麗，身上掛滿金光閃閃的勳章。他為人貪財，決不放過任何一個發財機會。他擋住士兵的去路，厲聲問：「這兒是王宮，怎麼能容許你這小小的士兵隨便走動！」

士兵恭敬地對大臣說：「親愛的大臣，我撿到國王丟失的戒指。」

大臣眼睛一亮，對士兵說：「好吧，把它交給我，讓我替你去轉交給國王。」

士兵搖搖頭說：「不行，我得親自把戒指交給國王。」

大臣又對士兵說：「難道你不知道，我是國王最寵信的大臣嗎？」

士兵仍然堅持：「我可不管呢！我要把這枚戒指親自交到國王的手中。」

大臣說：「好吧，我就替你去向國王稟報，不過，你得把國王給你的獎賞，分一半給我。」

「沒問題。」士兵對大臣說，「我完全同意將一半獎賞分給你，不過，你得寫一張你想得到一半獎賞的字據給我。」

大臣當然十分高興，他在寫字據的時候，腦子裏正在盤算有多少賞金將落到自己的腰包裏。接着，大臣去向國王報告這個好消息了。

國王聽說有人找到他丟失的戒指，趕快命令大臣把這人召進大廳來。

國王從士兵手中拿到戒指後，對士兵說：「我將按照告示上所說的，賞給你一千盧布！」

盧布很快被送上來了，可是士兵卻拒絕接受，他說：「我現在不需要這樣的獎賞。」

國王有點奇怪地問士兵：「那你到底需要什麼樣的獎賞呢？只要我辦得到的，我都會滿足你！」

「我要國王賜我一百棍！」士兵說。

國王聽了，大吃一驚說：「怎麼，你瘋了嗎？」

士兵堅持說：「對，我要的就是這樣的獎賞！」

國王只好答應士兵的請求，叫人來打士兵一百棍。士兵剛解開鈕扣準備受打時，他突然對國王說：「這樣恐怕有點不公平。我還有一個伙伴，他必須和我共享這個有意義的獎賞。」

國王有點不解地問士兵：「你還有什麼伙伴？」

「就是他，您親愛的大臣！」士兵指着站在一旁的大臣說，「他曾向我勒索要得到您給我的一半獎賞。如果我不答應，他就不讓我見您。」

大臣聽了，大叫起來：「這個士兵完全是在胡說，我從來沒有向他勒索過任何東西！」

士兵馬上從懷裏掏出一份大臣親手寫給他的字據，呈給國王看。國王看了，大笑說：「士兵，你想得真巧妙，好吧，聽你的，先把這一半獎賞分給這位大臣吧！」

於是，國王叫來衛兵把大臣按倒在地上，打了他五十棍。

士兵說：「國王陛下，我不是一個貪心的人，我想把我的一半獎賞也送給這位大臣。」國王聽了覺得十分有理，那五十棍又讓大臣承受了。

為了表彰士兵的機智和忠誠，國王最後仍然把一千盧布賞給了這位士兵。

給孩子的小智慧

- 要以正當方法取得錢財，不能以勒索方式來索取財寶。貪心的人會得到懲罰。
- 受到他人勒索時，不要害怕和驚慌，嘗試動動腦筋，以巧妙的方法來解決問題。

多一點想像

1. 若果你是士兵，被貪心的大臣敲詐要一半獎賞時，你會做些什麼？
2. 假設大臣沒有寫下字據，你能想出士兵該怎樣證明大臣的貪婪嗎？

一塊燙石頭

文：張錫昌
圖：山貓

一塊燙石頭

這條村有個農莊，裏面有一座果園，它由一位孤獨的老人看守着。老人的身體很差，可是為了生活，他還得編籃子和縫氈靴來養活自己。

他從很遠的地方來到這條村，也受過很多苦：他的腿是瘸的，臉上有一道彎彎的、從腮幫一直到嘴唇的深疤痕。他很少笑，一旦笑起來，也看似很悲傷。

有一天，村裏一個叫小伊凡的孩子路過果園，他爬進去偷吃蘋果時，被圍牆上的釘子鈎住了褲腳。他跌落到有刺的醋栗叢裏，被刺得渾身傷，痛得他哇哇大哭。他的哭聲驚動了看守果園的老人。老人並沒有責罵小伊凡，他把小伊凡抱出來，擦乾他的眼淚，然後領他到大門口，叫他離開。

小伊凡離開果園後，不知不覺走到了一個沼澤地。他看到一片青苔中間露出了一塊淺藍色的石頭，於是他坐下來。可是，他感到屁股像被無數隻野蜂螫了似的，他大叫「哎呀！」立刻跳起來。

仔細一看，石頭上什麼也沒有；但用手一摸，發現那石頭燙得像燒紅的煤塊。石頭表面上隱隱約約露出了幾個字，不過大多給泥糊住了。

他立刻用鞋後跟擦掉石頭上的泥，字就清晰可見了：「誰把這塊石頭搬到山上打碎，他就能返老還童，從頭活起。」句後還刻有一個圖章。

他讀了石頭上的字，心想自己才八歲，要是按照石頭上的字去做，從頭活起，得再多唸一次一年級。如果石頭能讓他不唸書就能跳到三年級就好了。

他走出沼澤地，經過果園時，又看到了老人。老人邊咳邊喘氣，手捧着一桶防止蟲子侵蝕蘋果樹的石灰漿，正要把它塗在樹幹上。小伊凡對他充滿了好感，心想：我要讓他返老還童，不再咳嗽、瘸腿和氣喘。

小伊凡懷着一番好意，來到了老人面前，把遇到燙石頭的事告訴了老人。老人十分感激小伊凡的好意，但他現在不能去沼澤地，因為要防止外人偷蘋果。

老人叫小伊凡去挖那塊燙石頭，搬到山上去。他忙完了，就會上山。就這樣，小伊凡先走了。

第二天早上，小伊凡拿來一個厚麻袋和一雙粗麻布手套去搬石頭。他為了搬那塊燙石頭，弄得滿身都是泥，最後費了九牛二虎之力才挖出了它。

他一直想：我要把這塊燙石頭推到山上去，等老人敲碎它，獲得幸福生活。

小伊凡雖然年紀小，可是已經得到過三次幸福。一次是他上學快遲到， 一位素不相識的司機，從農莊養馬場載他到學校；一次是他赤手空拳在溝裏捉到一條大魚；一次是叔叔帶他進城過了快活的勞動節。他邊想邊推，費了好大的力氣，才把燙石頭推到山上。

太陽快下山，老人才上山。小伊凡已經筋疲力盡，正在燙石頭旁烘他又髒又濕的衣服。他見老人走來，驚問：「老伯伯，你怎麼空着雙手，不帶錘子、斧頭和鐵棍啊？難道你想用手砸碎石頭嗎？」

「不，親愛的孩子，我不是想用手砸碎石頭，而是根本不想砸碎它，因為我不想從頭活起。」

老人撫摸着小伊凡的頭，說：「你一定以為我是個不幸的人。不，其實我是天下最幸福的人。我的腿是給木頭壓斷的，那是在推翻沙皇時，我推倒圍牆時受傷的；我的牙給打落，是因為參加起義在牢中被打的；臉上的傷痕，是在戰鬥中被劈傷的。起義的人都是為祖國獲得自由強大而貢獻一切。這還不幸福嗎？我為什麼還要另一次生命和青年時代？我曾經過得苦，可是過得光明正大！」

小伊凡聽了，問：「既然這樣，那我們就讓這石頭安靜地躺在沼澤地上。為什麼你還要我費氣力推上山呢？」

老人答：「這是為了讓大家都看到它。」

許多年過去了，那塊燙石頭依然躺在山上原封不動，也沒有人想要去砸碎它。不少人從它身旁走過，看了看石上所刻的字，想了想，搖搖頭，就走了。

有一天，我也來到這座山上，看到這塊燙石頭。我當時有病，情緒很差，真想把石頭砸碎，從頭活起。可是我站了很久很久，終於改變了主意。

我在想：如果鄰居看到我返老還童，一定會說：「哈，你這個小子，顯然一輩子沒像樣地活過，所以得不到自己的幸福，如今又想從頭再來一次了。」

我想到這裏，就轉過身，走自己的路去了。

給孩子的小智慧

- 滿足於當下，不貪心、不強求改變，好好感受現在擁有的幸福。
- 尊重別人的選擇，不要只從自己的角度出發，把想法和期望強加於他人。

多一點想像

1. 如果你有機會重活一次，你想重新再來嗎？如果想的話，又有什麼想做的呢？
2. 你認為老人過得苦嗎？為什麼？

日本童話
一寸法師

文：張錫昌
圖：Spacey

一寸法師

這個故事，發生在很久很久以前遠離京都的一個偏僻的小村子裏。有一天，一個小男孩在一個農户人家誕生。奇怪的是，這孩子的身材特別小，只有成年人的小指那麼長。

雖然他長得特別小，可是他的爸爸媽媽仍然十分高興。他們總認為，這是神明賜給他們的寶貝。於是，他們給孩子命名為「一寸法師」。隨着年歲的增長，一寸法師的身材始終無法長大。

一天，頑皮的一寸法師爬上了一棵大樹。他向四處張望，看到了山巒和樹林，不禁說：「啊，真美！」他看到了多麼廣闊的景致啊。晚上，他嚷着問父親：「前面那座大山的後面，有些什麼呢？」

父親告訴他：「大山後面是日本最繁華的京都。京都城裏有許許多多的公館和寺院，那兒有很多出色的武士和無數衣着漂亮的女子……」

父親的介紹，讓一寸法師心動了。父親剛講完，一寸法師就跳了起來，說：「我要去京都，當一名出色的武士。」

一寸法師找來麥稈作為鞘，針作為劍，筷子當作槳，碗當作舟，他向父親和母親告別後就出發了。

一寸法師划着一艘特殊的船，朝着京都方向順流而下。他衝破急流險灘，擺脱種種困境，經過十天的行程，終於來到了京都。

京都有許多豪華的會館，一寸法師來到了一家會館，這裏是三條大臣的家。三條大臣是當地一位十分出色的武官。他見一寸法師那精神抖擻的樣子，十分欣賞，便派他在公館裏當差，任務是侍奉大臣的未嫁女兒春姬。

一寸法師在美麗的春姬身邊，專心讀書，苦練書法和劍術，他很快成為一名出色的武士。

幾年過去了，有一天，春意已濃，春姬要到清水寺去參拜。那時，京都正在鬧鬼，傳言那鬼專門搶漂亮而年輕的姑娘。三條大臣為了春姬的安全，決定挑選年輕武士跟隨在春姬身邊，一寸法師也參加了護衛工作。

春姬參拜完畢，回程經過一條山路時，突然「呼呼」地颳起了一股邪風，天空驟然陰暗起來，一個可怕的赤鬼出現了。這個赤鬼咆哮着說：「這個姑娘，我搶定了！」

護衛春姬的武士們見了這個赤鬼，頓時嚇得腿都軟了。一寸法師卻毫不畏懼地迎上去說：「你這個惡鬼，東張西望幹什麼？仔細看看你的腳下，一寸法師在這兒！」

赤鬼一見這麼個小不點兒，根本就沒把他放在眼裏。他們搏鬥了一個回合，一寸法師不是赤鬼的對手，他被赤鬼一把抓住，一口吞下了肚子裏。赤鬼正要向春姬姑娘撲去時，突然，他的肚子痛得難受。原來是一寸法師在赤鬼的肚子裏不停地用針亂刺，刺得他不得不討饒。一寸法師命令赤鬼張開嘴，然後縱身跳了出來。

赤鬼逃走後，一寸法師和春姬等人就繼續上路。在回家路上，春姬發現地上有赤鬼逃走時丟下的如意錘。為了感謝一寸法師對她的救命之恩，春姬對一寸法師說：「這個如意錘，是個絕妙的寶器，據說它有求必應。你有什麼心願呢？」

一寸法師想了想，對春姬說：「我多麼想有一個魁梧的身材啊！」

春姬姑娘完全明白一寸法師的心願，她對着如意錘說：「如意錘，你就讓一寸法師變成一個年輕、英俊而出色的武士吧！」

春姬姑娘的話音剛落，一寸法師就慢慢長高了，變成一位又年輕又英俊的武士。

一寸法師高興地上前拉着春姬姑娘的手，一起回到了公館。

據說，一寸法師後來成了京都城裏最有名的武士，名字改為堀川少將，並娶了春姬為妻，過着美滿幸福的生活。

- 尊重自己和他人。每個人都是獨一無二的，也有各自的才能。
- 堅持和努力能令我們不斷成長和進步，最後達到自己的目標。

多一點想像

1. 假如你是一寸法師，你會怎樣運用自己細小的身材？你能想到細小身材的好處嗎？
2. 在一寸法師長高後，你認為他能習慣這個身高嗎？

仙鶴姑娘

文：張錫昌
圖：Spacey

仙鶴姑娘

很久以前，一條村裏住着一對年老的夫婦。他們雖然清貧，但為人善良。

這一年的冬天特別寒冷，更下大雪。和往常一樣，老伯伯在早上挑着一擔柴去賣。要是賣不出柴，今天的生活就沒着落，所以不管雪多厚，他還是要出門。

路上，他聽到「啪噠啪噠」的聲音，好像有東西在拚命掙扎。他好奇地上前看，原來有隻仙鶴誤中捕鳥獸的圈套，雙腳被繩索捆得緊緊的。

仁慈的老伯伯放下柴，上前解開牠腳上的繩子。

仙鶴掙脱繩子後，張開翅膀起飛，在老伯伯頭頂盤旋了好幾圈後才飛走。老伯伯目送牠遠去，認為今天運氣不錯，做了件好事。

老伯伯挑着柴去市場，不一會兒就賣完柴。回到家裏，他向老伴説了這件事。

到了傍晚，老婆婆忽然聽到敲門聲，門外傳來了嬌滴滴的聲音：「對不起，有人在家嗎？」她開門一看，門外站着一個滿身是雪的人，她請那人進屋。

「謝謝您，打擾了。」一個可愛的十七、八歲姑娘走進來。

老伯伯也上前關切地問：「外面這麼大雪，你是哪家的姑娘？有什麼事嗎？」

姑娘柔聲答：「我本想去前面小鎮找朋友，不料碰上大雪。現在天已黑，我又迷路，不知道兩位老人家能讓我借宿一晚嗎？」

二人覺得她很可憐，便決定讓她留下來。老婆婆說家裏窮，沒有被子，也沒有像樣的食物，很過意不去。

姑娘爽朗地表示不要緊。她進門後，便請求幫老婆婆做飯。老婆婆雖然再三推託，姑娘還是堅持幫忙。她煮的飯菜很好吃，還侍候兩位老人吃完後，自己才吃，飯後又收拾得乾乾淨淨。

她忙完，還想替二人按摩，老伯伯不好意思，但經不住她再三請求，只好由她了。

第二天剛天亮，姑娘早就起牀，生好了火爐，把屋內打掃得乾乾淨淨，連早飯也預備好。兩位老人起牀時，她什麼都做好了。這一天，雪又下得很大，姑娘只好又留下來。就這樣，她一連住了四、五天。

一天，姑娘想向他們提出要求，但又很難開口。在二人再三催促下，她才說：「我雙親最近去世了，本是來投奔前面小鎮上父親生前的朋友。但為了長久打算，我想請兩位收留我做你們的女兒，我願意盡力孝順你們。」

二人十分高興，他們沒兒女，十分寂寞，能有伶俐的女兒，是上天賜的福分。

姑娘成了他們的女兒，十分孝順。一天，她請老伯伯買線讓她學織布。當她拿到線後，便把織布機放在最裏面房間的中央，還用屏風嚴密圍起來。她說：「當我織布時，不管有什麼事，你們千萬不能偷看呀！」

二人一口答應了。姑娘走進屏風專心織布，兩位則圍爐而坐，聽着屏風那邊有節奏的織布聲。

姑娘從早到晚不停織布，直到第三晚，她捧着一匹布走出來，送到兩位老人面前。他倆一看，這是一匹閃閃發亮、非常漂亮的布。他們一輩子也沒有見過！

姑娘對兩位老人說：「這是一匹織錦，請你們拿到街上賣，再買些線回來。」

第二天，老伯伯把這匹織錦拿到街上叫賣。有位商人看中了它，付了很多金幣給老伯伯。老伯伯十分高興，他不僅買了線，還給姑娘和老婆婆買了許多禮物。

過了一夜，姑娘又開始織布。到了第三晚，又織成了比上次更精緻更漂亮的織錦。老伯伯又把它拿去賣，先前的商人見了，用更多的金幣買下了它。老伯伯十分高興，又買了許多禮品給家人。

可是，當姑娘快要織好第三匹織錦時，老婆婆忍不住了，她到屏風那邊去看姑娘是怎麼織布的。老伯伯說不能違反約定，可是老婆婆不聽，趴在屏風的縫往裏偷看，她看見一隻仙鶴正用嘴拔掉自己身上的羽毛，夾在線裏紡織。仙鶴的羽毛已經拔掉一大半，露出光禿禿的身軀。老婆婆把看到的情景告訴了老伴。

這晚，姑娘捧着織好的第三匹織錦，獻給兩位老人家。她跪着對二人說：「兩位，我就是老伯伯之前救下的仙鶴。為了報答救命之恩，我才變成姑娘來幫你們做事。如今，老婆婆識破了我的真正模樣，我不能再留下來，我要告辭了。」

不管二人如何勸說，都無法挽留她。不一會兒，她化作仙鶴飛向天空遠去了。

兩位老人靠先前仙鶴織的織錦換來的錢，過着幸福的晚年。

- 要緊記樂於助人和善待他人，擁有這些美德會得到別人的尊重和好感。
- 要信守承諾，否則會破壞與別人的關係。

1. 仙鶴姑娘被看到真正模樣，你認為她為什麼非走不可？
2. 假如你是老婆婆，你會挽留仙鶴姑娘嗎？

小負鼠倫道夫

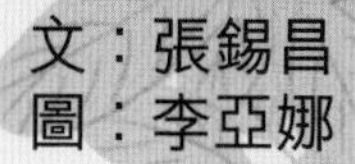

小負鼠倫道夫

倫道夫是一隻小負鼠。為了教會他一些負鼠應該具備的本領，他的父母傷透了腦筋。

每次教導倫道夫，媽媽總會埋怨他：「哎！你的兄弟姊妹都能用尾巴纏繞在樹上，倒掛着睡覺，可是你為什麼總學不會？」

這時候，倫道夫就會哭喪着臉回答：「我也不知道，我已試過不知多少次了。」

爸爸很有耐心，他鼓勵倫道夫：「沒關係，再試試，說不定再練習幾次就行了。」

倫道夫歎了口氣説：「好——吧！」説完就慢吞吞地爬上了大樹，然後緊緊抱住一根樹枝，倒吸一大口氣。

爸爸、媽媽、哥哥和姊姊都在樹下抬頭望着他，鼓勵説：「別緊張！」「你能行的！」「膽子大一點！」

倫道夫的妹妹用激將法説：「不，我看這次又不行了。」

倫道夫咬咬牙，用尾巴纏住了樹枝，又倒吸了一大口氣，然後鬆開爪子，身子往下面一翻，果真倒掛在樹上了。

爸爸馬上叫好，媽媽誇獎他有出息，哥哥和姊姊鼓勵他要堅持下去。可是，妹妹卻在一邊叫着：「你們看，他又不行了！」

爸爸有點無奈，但仍鼓勵着倫道夫說：「孩子，你再試試吧？剛才你不是差一點點就掛住了？一次又一次地練習，總會行的！」

哥哥在一旁也鼓勵倫道夫說：「來，只要堅持下去，一定能行的。」

倫道夫突然哭了起來：「我練一次，摔一次，把我的腦袋都摔得痛極了！」

妹妹想出了一個主意，她說：「我們多拾些樹葉，放在大樹下面，如果哥哥再摔下來，摔在樹葉上就不會痛了。」

爸爸認為這是個好主意，立刻動員全家到樹林去撿樹葉。他們撿了一大堆樹葉回來，堆放在大樹下。

這樣，倫道夫的膽子大些了。他立刻爬上大樹上，用尾巴纏繞樹枝，倒掛下來。可是不一會兒，他的尾巴一鬆，又一頭栽到了樹葉堆裏。這次，他摔下來不感到痛，所以決心再試試。就這樣，倫道夫一次又一次爬上樹枝，再摔下來。

經過無數次的嘗試，倫道夫有點灰心了，他想也許自己真的學不會倒掛的本領，於是乾脆躺在樹葉堆裏睡覺。突然，一陣陣喧鬧聲把倫道夫吵醒了。原來，倫道夫的哥哥和妹妹在樹葉上玩起了翻筋斗。

倫道夫被吵醒後，有點不高興。他站起來拍拍身上的塵土和黏在尾巴上的幾片樹葉。妹妹也上來幫忙，可是這些樹葉總拍不掉。原來，樹葉上有樹膠，黏住了倫道夫的身體。突然，倫道夫想出了一個主意。他一蹦一跳地竄上了大樹，用尾巴纏住一根樹枝。這次，他一鬆開爪子，尾巴仍纏繞在樹枝上，身體沒有掉落下來。

倫道夫欣喜地叫了起來：「我成功了，我成功了！」

爸爸過來了，讚揚倫道夫說：「孩子，你多練習幾次總會行的。」

倫道夫卻說：「再怎麼練習，總沒有樹膠那麼有用。」

爸爸這才明白了，原來倫道夫在取巧，他用樹膠來黏住尾巴。可是很快，問題又來了，倫道夫的尾巴被樹膠黏住了，他怎麼下來呢？

樹膠乾了，倫道夫緊張得哭起來，他無法脫身啦！

爸爸幫倫道夫拉下了尾巴，並告訴他：「到了冬天，所有樹上的樹膠都會乾掉。你必須像我們那樣學會掛在樹枝上睡覺。」

哥哥、姊姊和妹妹又去撿了很多樹葉，堆在大樹下面，他們要倫道夫好好練習。這時妹妹不知從哪兒撿來兩片濕漉漉的樹葉，她對倫道夫說：「哥哥，把尾巴伸出來，我在你的尾巴上面抹些樹膠好嗎？」倫道夫伸出尾巴讓她抹了幾下。

倫道夫又躥到樹上，用尾巴纏住樹枝，身體倒掛在樹枝下面。他說：「這樹膠真管用，你看我能用尾巴倒掛了。」

妹妹卻笑了起來：「哥哥，我給你抹的根本不是什麼樹膠，而是普通的水。剛才我是在騙你的！」

「水？」倫道夫高興地叫道，「真的嗎？這麼說，我能夠掛在樹枝上睡覺了？」

爸爸媽媽都為倫道夫的成功而感到驕傲，他們鼓勵道：「孩子，做什麼事都要充滿信心，你正需要這個！」

　　倫道夫卻風趣地說：「還需要一個俏皮而狡猾的妹妹。」

　　「不，應該是聰明的妹妹！」妹妹糾正道。

給孩子的小智慧

- 多探索不同的可能性，總會找到成功的方法。
- 做事多一點信心，勇於嘗試，很多事情不是想像中困難。
- 擁抱自己的獨特之處和價值，學會愛自己，以自己的方式來作出貢獻。

多一點想像

1. 假設你是倫道夫，你會怎樣慢慢建立自己的自信？
2. 要是倫道夫之後打回原狀，無法掛在樹上，你認為他可以怎樣改變自己的心態？

美國童話

巨人和蜜蜂

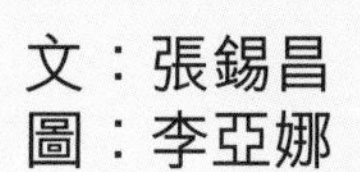
文：張錫昌
圖：李亞娜

巨人和蜜蜂

從前，在一個開滿鮮豔花朵的山谷裏，住着農民泰勒和妻子羅斯，他們過着愉快的生活，養了一匹叫布勞索姆的馬。

山谷裏有一條清澈透明的小溪，泰勒在小溪兩旁肥沃的土地上種了不少蔬果。

羅斯是泰勒的好幫手，她負責料理果園，而他們的馬則擔負起耕田、播種、開溝運輸等任務。每當夏季田裏的作物全部開花的時候，山谷中飛來了成千上

萬的蜜蜂，牠們在花叢中飛來又飛去，傳播花粉。

漸漸地，小蜜蜂們成了泰勒的好朋友。他做了多個蜂箱，讓蜜蜂在那兒安家釀蜜。

在秋季的一天，泰勒和羅斯正要到田裏採摘蔬果，他們突然聽到了一聲可怕的巨響。泰勒問：「那是不是雷聲？」可是豔陽高掛，一點也不像要打雷。

然而，那巨響又從小山谷裏傳過來，大地也彷彿開始顫抖起來。他倆抬頭一看，一個巨大的影子掃過山谷的上空，還遮住了明亮的太陽。羅斯害怕起來，泰勒卻鎮定地說：「那是個巨人。」

「是的，我是一個巨人。」那巨人的聲音像打雷一樣在天空中回響，「我的名字叫班姆波。我從很遠的地方走來，走了很多很多的路。現在我非常非常的餓，能不能給我弄點東西吃呀？」

說着，巨人班姆波開始揉搓自己的肚子，從肚子裏傳出了一陣陣巨大的轟隆隆的聲音。因為，班姆波的肚子空空的，一壓就會發出「咕嚕咕嚕」的聲音。

泰勒一點也不害怕，他熱情地招呼班姆波說：「請坐，我的好朋友班姆波。我的妻子羅斯是個好廚師。她會給你做一頓豐盛而可口的午餐，有烤麪包、南瓜餡餅，還有蘋果醬和沙律。」說完，他叫羅斯趕快跑回家裏去做飯。

班姆波的肚子又餓得「咕嚕咕嚕」地叫起來，那聲音使果樹抖個不停，抖得樹上的桃子、李子、梨子紛紛散落下來。泰勒嚇得趕緊跑回家裏去幫羅斯做飯。巨人的飯量可大呢，他一頓飯比泰勒家的一個星期的食量還多。忙了好久，午餐終於做好了，他們趕緊把午餐送去給巨人。

泰勒來到果園的時候，他一下子驚呆了。果園裏的蘋果樹都變得光禿禿，一個蘋果也沒有剩下。班姆波連忙向泰勒解釋說：「對不起，我餓得不行了，就摘了一些蘋果來充饑。」

泰勒不高興了。羅斯悄悄地對他說：「這巨人真不講道理，一聲不響就把我們準備過冬的食物全部吃光了。」

班姆波聽見了，很不高興，他一下子把車抓了起來，一口就把泰勒夫妻倆辛苦做的一車食物吃光，還毫不客氣地把車扔得遠遠的，摔了個粉碎。

泰勒一家開始害怕和討厭這個既無理又粗暴的巨人。可是，有什麼辦法可以把這個可惡的巨人趕走呢？泰勒立刻想到了他的好朋友——蜂箱裏的蜜蜂。

班姆波吃飽後，躺下來睡覺。等他一覺醒來時，看見泰勒正在舔手掌上厚厚的一層蜂蜜。班姆波見了，用小手指尖輕輕一刮，就把泰勒手掌上的蜂蜜全刮走了。他把蜂蜜放在嘴裏一舔，叫了起來：「太好吃了，快去給我弄一點來！」

泰勒告訴他：「噢，那邊有多個蜂箱，裏面都有可口的蜂蜜。」

班姆波貪婪地走了過去，把所有的蜂箱都捧到手中。霎時間，成千上萬隻蜜蜂從蜂箱裏飛出來，拚命地進攻班姆波。「哎唷，哎唷！」班姆波被蜜蜂螫得又紅又腫，痛得他哇哇大叫。

班姆波實在受不了啦，他趕緊溜出了山谷，跨過大山，直向大海奔去。從此以後，巨人再也沒有來侵擾泰勒的家園了。

給孩子的小智慧

- 運用智慧解決難題，避免正面衝突。
- 尊重他人的努力和擁有的東西。貪心和無理取鬧會令人討厭自己，而且會得到懲罰。

1. 如果你是班姆波，你對泰勒一家感到愧疚了，你會怎樣補償他們的損失？
2. 假如你能為這個故事加上新角色，你會加什麼角色？這個角色在故事裏是幫助泰勒還是巨人班姆波呢？

鵝蛋大力士

文：張錫昌
圖：郭中文

鵝蛋大力士

從前有五個農婦，她們發現有個像小巨人般大的鵝蛋，大家都爭着說自己是第一個發現鵝蛋的人。最後，五人商定共同擁有它，每人輪流孵蛋。第八天，鵝蛋裏傳出聲音，從裏面鑽出來的不是鵝，而是個小男孩，他像餓了許久，一直吵着要吃東西。

她們叫他「鵝蛋大力士」。他力氣大，食量也特別大，一頓飯就吃光五人的食物，她們養不起他了。

於是，鵝蛋大力士離開，到農民的莊園找工作。農民叫鵝蛋大力士到田裏撿石頭，石頭多得要十輛馬車才能拉走，但他不一會兒就撿完了。用餐時，他把農民全家的東西都吃光，而且還沒吃飽！農民負擔不起，就叫他到王宮找工作。

鵝蛋大力士到王宮當雜役，去挑水劈柴，轉眼間就劈完柴，甚至連用作建造宮殿的木料都劈碎。僕人叫他到森林伐木，重新準備建造宮殿的木料。他請鐵匠幫他鑄了一把五百斤重的鐵斧，結果他把一片森林砍倒了。

之後，鵝蛋大力士被派到了打穀場去打穀。他嫌木棒太輕，就隨手拔起一棵大松樹來打穀。國王看到了，既高興又害怕。

這時，大臣報告說鄰國又來侵擾他們。國王決定派鵝蛋大力士領兵抗敵。鵝蛋大力士不想讓別人去冒險，於是獨個兒上戰場去。

他向國王索求一柄大鐵錘，足足要有八百斤重，鵝蛋大力士才覺得合用。在戰場上，敵人見只有個小男孩迎戰，都非常驚訝。

這時，鵝蛋大力士餓了，坐在地上吃東西。敵人伺機發起猛烈攻擊。鵝蛋大力士生氣得用大鐵錘在地上錘出個大洞，把敵人震得四散開來。

國王原以為鵝蛋大力士會必死無疑，誰知他凱旋而歸，所以又派他到地獄叫魔王來納貢。

鵝蛋大力士揹上牛皮袋和大鐵錘到地獄。魔王外出了，只剩下魔王媽媽在家，她不懂「進貢」，就叫鵝蛋大力士下次再來。他不肯聽，非要她交出貢品不可。魔王媽媽生氣了，說：「我的力量比那棵十五個人才能圍住的樹還大。」

鵝蛋大力士二話不說就把那棵大樹折斷，魔王媽媽嚇得取出財寶給他。魔王回家得知財寶被拿走了，十分生氣。他追上鵝蛋大力士，卻被鵝蛋大力士用鐵錘掃得滾下山谷，無法動彈。

國王想獎勵鵝蛋大力士，被他拒絕了，說自己只喜歡工作。國王決定派他追討寶劍，它是高山魔鬼從國王的祖父手中搶走的。

鵝蛋大力士找到高山魔鬼。他要跟鵝蛋大力士較量力氣和智慧，問他能否劈開千年大樹根。鵝蛋大力士一劈，使大斧深深夾在樹根。他假裝拔不出斧頭，用激將法問：「你可以掰開樹根，讓我抽出斧頭嗎？」

高山魔鬼自信地試圖掰開它。這時，鵝蛋大力士立即把斧頭抽出來，高山魔鬼的手被樹根緊緊夾住，只好認輸，哀求讓他抽出手。鵝蛋大力士拒絕，只問他把寶劍藏在哪兒。

他老實説出那柄劍掛在他住的山洞裏，並發誓再不做壞事。鵝蛋大力士說：「讓我先把寶劍取來再說！」

山洞裏堆滿金銀，牆壁上掛着一把光芒四射的寶劍。鵝蛋大力士裝走了無數財寶，然後拿走寶劍。他回去把樹根劈開，高山魔鬼抽出手來。高山魔鬼見他的本領這麼大，只好逃回山洞。

鵝蛋大力士回到王宮，將寶劍交給國王。貪心的國王想除掉他，把財寶據為己有，他假惺惺地說：「感謝你幫我做了這麼多的事。如果你能到月亮那兒去取一塊石頭來，我就把公主嫁給你，還送你半個國家。」

鵝蛋大力士故意稱讚國王慷慨又善良，並願意到月亮去取石頭，又請國王指引上天的道路。他明白國王的壞心腸，但不露聲色地跟國王來到宮殿門外。

國王裝模作樣對天空比劃。鵝蛋大力士追問如何跨出第一步。國王反問：「難道你不知道嗎？」

鵝蛋大力士答：「當然知道！」

國王好奇地問：「怎樣做呢？」

鵝蛋大力士指一指天空說：「就這樣！」然後用力地踢了國王的屁股一下，國王就彈上了天空。鵝蛋大力士說了句「天上的路在我腳下！」就頭也不回離開了。

貪心的國王被踢上了天空，繞着地球一圈又一圈地轉，據說他已經轉了三萬五千轉，到現在還在轉呢！

- 不應低估他人的能力，這樣很容易被打敗。
- 學懂謙虛，不因自己擁有強大的力量而驕傲，應該好好運用這能力去幫助別人。

多一點想像

❶ 這個故事完結後，你認為鵝蛋大力士之後會遇上什麼事？

❷ 假如你是高山魔鬼，你被打敗後會改過自新嗎？

王子的羽衣

文：張錫昌　圖：SANDYPIG

王子的羽衣

從前，丹麥王國一個公主和鄰國王子訂了婚。王子為了表示一片真情，他送公主一個手鐲、一枚戒指和一根腰帶，還發誓：「如果我與別的女子一起用餐，手鐲就會碎裂；如果我邀請別的女子跳舞，戒指就會斷裂；如果我跟別的女子訂婚，腰帶就會斷成兩半。」

王后是公主的後母，王子送禮時，她也在場。王后一直想讓自己的親生女兒嫁給王子，所以千方百計想破壞公主和王子的關係。

王后對國王説：「公主還沒有正式嫁給王子，他就經常來，不太好吧！」

國王覺得有道理，就命大臣在荒島給公主建一間小屋，同時在荒島和陸地之間建造浮橋。平日，浮橋會被拆走，公主無法到陸地上去，只能孤零零生活。王后的詭計得逞了，十分高興。

不久，王子來到王宮卻找不到公主，然後竟在海邊看到公主在荒島上。回國後，他請巧匠縫製了一件羽衣。他穿上羽衣，搧動羽毛翅膀就能飛。

王子穿上羽衣，飛到荒島和公主會面。

四星期過去，王后見公主神色毫不憂傷，便猜想王子可能經常與公主會面，於是，她決定派自己的女兒和公主一起住，藉此監視她。

王后的女兒發現王子每晚都穿上羽衣飛來見公主，她馬上告訴王后。王后聽了十分憤怒，叫女兒有機會時用刀把王子的羽毛翅膀砍斷。

一晚，王子飛來了，他準備收起羽毛翅膀時，王后的女兒從後襲擊他。他連忙閃避，可是翅膀還是被刺了一刀。這時，公主來了，王后的女兒見情況不妙，慌忙逃跑了。

公主扶王子進屋，發現他的手臂流血，便急忙用白布裹上傷口，又細心地縫好羽衣。王子為了及時處理傷口，打算馬上離開。

公主戀戀不捨地送他到門口，反覆囑咐他要小心。王子說：「我如果平安回去，那麼你將看到蔚藍的大海；如果我遇到危險，那麼你將看到血紅的大海。」

王后的女兒偷聽到王子的話，把一切告訴王后。王后想出一條毒計，命僕人殺了一百頭豬和羊，裝了三大桶血，趁天未亮，悄悄倒在荒島海面上。

天剛亮，公主推開小屋的窗户，發現海面一片血紅，以為王子遇難了，十分傷心。

不久，王后來到荒島上，假惺惺地説：「王子已經遇難了。你不用再等他了，跟我回去吧！」悲痛的公主只好跟她回去。

王后將公主帶回王宮後，立即叫自己的女兒打扮一番，住進荒島的小屋，等待王子到來。

一星期後，王子痊癒了，他又飛到荒島。可是，迎接他的卻是個陌生女子。王子並不知道傷害他的就是眼前的人。

王后的女兒說自己是公主的妹妹，並傷心地說公主已死。王子不相信。她又指着大海說：「姐姐就是從這裏跳海的！」

王子追問：「她什麼話也沒有說，就這樣死了嗎？」

她胡亂回答：「她叫你重新找個未婚妻。」

王子仍然不相信。然後，王后親自向王子解釋，還說公主很多壞話。王子糊塗了，竟然答應跟王后的女兒訂婚。

第二晚，王后設下盛宴，慶祝王子和她的女兒訂婚。王后將公主反鎖在卧室裏，叫衞兵把守。

宴會開始，王子攜王后的女兒走進了宴會大廳。突然，他感到一陣撕裂般的心絞痛，耳中傳來腰帶斷裂的聲音。

當他享用晚宴時，突然想嘔吐，耳邊傳來手鐲破裂聲。

接着，他正要與王后的女兒跳舞，他感到手像抽筋般的疼痛，耳邊傳來戒指斷裂聲以及熟悉的嗚咽聲。

這時，他坐不住了，走到公主的卧室前。他見衞兵正守在門口，更感疑惑，便強行推開卧室門。他看到公主正在哭泣！

公主見王子就在眼前，悲喜交加，一時弄不清他是人還是鬼；王子也懷疑眼前的未婚妻的真假。

國王在參加宴會時，看到王子表情奇怪，察覺有些不對勁，就一直跟在他身後，更聽到二人所說的一切。他恍然大悟，一切都是王后搞的鬼。

國王勃然大怒，命令大臣將王后和她的女兒關在荒島上，再也不准她們回來。

不久，王宮的大廳又響起了音樂聲和祝賀聲。王子和公主正式舉行婚宴。

- 我們應當忠於自己的諾言，這樣才能好好維持與別人的關係。
- 以欺詐方式並不能得到真摯的感情，那都是虛假的。

多一點想像

1. 如果你是公主，當你知道了王后的詭計，你會怎樣應對？
2. 假設你是王子，該怎麼遵守與公主的承諾？

仙女

文：張錫昌
圖：ruru lo cheng

仙女

從前，有一個寡婦，她生了兩個女兒。大女兒像母親，脾氣壞，相貌差，對人十分傲慢無禮，鄰居都十分討厭她；小女兒像父親，脾氣好，相貌美，對人誠懇有禮，鄰居都十分喜歡她。

母親對大女兒疼愛有加，家裏的工作一點也不讓她做；對小女兒卻百般欺負，只允許小女兒蹲在廚房吃飯，每天都叫她不停工作。小女兒除了要做家裏的雜務外，還要每天兩次到半里外的地方提水回家。

一天，小女兒在泉水旁汲水，有一個老婦人走了過來。那老婦人看上去十分疲勞，她非常口渴，所以伸手向小女兒討水喝。

小女兒見連忙帶她到一個可遮蔭的地方坐下，然後把清澈的泉水打上來，小心地遞給她喝。老婦人喝完水，高興地對小女兒說：「好姑娘，你長得這麼美麗，心地又善良，我要送你一件禮物，讓你有一種本領，就是每當你說一句話，嘴巴就會吐出寶石或鮮花。」

原來，老婦人是仙女的化身，她是來試探小女兒是否真誠和善良。

寡婦見小女兒比平時晚了一點提水回家，就對她破口大罵，說她在外面貪玩，整天好吃懶做。小女兒心平氣和地對母親說：「媽媽，請原諒我耽擱了時間。」她在說話時，嘴裏吐出了玫瑰花、珍珠和鑽石。

母親驚訝地叫：「我的女兒嘴巴裏吐出珍珠和鑽石來了。你怎麼會有這樣的本領呢？」老實的小女兒把事情的經過原原本本地告訴母親。她一邊講，又吐出了許多的鑽石和珍珠。

母親連忙把大女兒叫到跟前來，對她說：「你看，你妹妹說着話就吐出了這麼多珍寶來，你也一定要學會這樣的本領。快，你也到那泉水邊去打水。當老婦人向你討水時，你也要可憐她，誠懇地把水遞給她喝！」

大女兒從來沒有工作過，她對母親說：「我不要到泉水邊打水，也不要遞水給什麼老婦人！」

母親生氣地說：「我叫你去，你就要立刻去，否則怎能學會你妹妹那樣的本領呢？」

大女兒拿了家裏最精緻的一個銀瓶來到了泉水邊，她嘴裏還不停地抱怨着。當她剛來到泉水邊時，有一位穿着華麗的公主從樹林裏走出來，向她討水喝。這位公主就是先前那位仙女變的。她這次化作公主，目的是試探大女兒是否善良。

可是，大女兒卻兇惡地說：「我來這裏，難道是為了給你送水喝嗎？你要喝水的話，自己用這瓶子打水喝吧！」

打扮成公主的仙女見大女兒一點誠意也沒有，就對她説：「既然你這樣沒禮貌，我就送你一份禮物。每當你説一句話，你的嘴裏就會吐出毒蛇和癩蛤蟆。」

説着，仙女就不見了。當大女兒回到家裏的時候，寡婦急着要和大女兒説話。不料，當大女兒開口説話時，她嘴裏吐出來的卻是毒蛇和癩蛤蟆。

寡婦驚叫起來，把這一切都歸罪於小女兒，認為是她害了姐姐。

可憐的小女兒不得不逃出家門，來到離家不遠的一座樹林裏。這時，正好有一位王子路過，他看到小女兒一個人在哭，就問她痛哭的原因。

小女兒回答：「媽媽把我從家裏趕了出來。」

王子看到小女兒講話時，嘴裏會吐出珍珠和鑽石，便詢問她為什麼會有這樣的本領。小女兒就把自己的奇遇告訴了王子。

王子覺得她是個善良、真誠而美麗的姑娘，不知不覺愛上了她。王子把她帶回王宮，和她結婚了。

而那位大女兒呢，人人見了她都覺得討厭，連她的母親也把她從家裏趕了出來。這個壞心腸的大女兒走了很多地方，也沒有一個人願意收留她，最後她只能獨自留在一個樹林裏。

- 善良和真誠才能讓你受到歡迎和獲得尊敬。
- 為人惡毒和自私只會為自己帶來惡果。

多一點想像

1. 假如你是小女兒，口中吐出了這麼多珍寶，你會怎樣運用它們？
2. 如果你是仙子，會用什麼方法獎勵或懲罰好人或壞人？

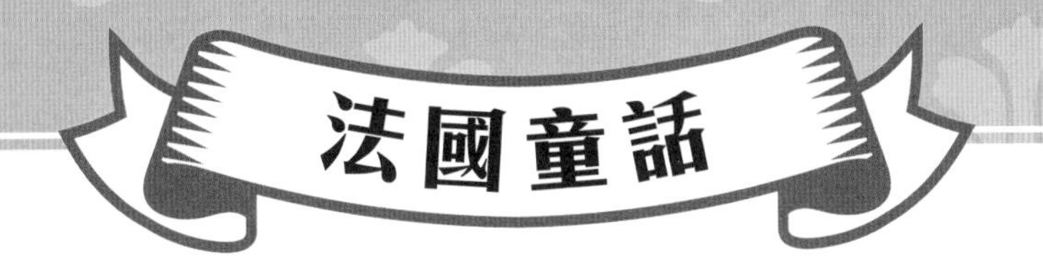

小亨利

文：張錫昌
圖：ruru lo cheng

小亨利

九歲的小亨利和媽媽過着困苦的生活。媽媽很疼他，每天做許多針線活拿出去賣，換錢養家。

小亨利年紀雖小，卻十分懂事，他見媽媽日夜做針線活很辛苦，就承擔了一切家務。他們雖然窮，可是生活得十分幸福。

好景不長，一天，媽媽突然累得病倒了，她哪有錢看病呢？小亨利只得日夜守候她。媽媽的病情突然加重了，話也說不出來，連水也喝不到，把小亨利急壞了，他只能對天呼喊：「仁慈的仙女啊，救救我可憐的母親吧！」

他的真誠感動了仙女，於是仙女出現說：「要是你想救媽媽，就必須到遠處的高山尋找生命草，用它的汁液來滋潤你媽媽的嘴。她能否康復，就看你有沒有勇氣和膽量了。我會照顧她，你可以放心。」

小亨利堅定地點頭，帶上僅有的幾片麪包上路了。

他按仙女指引的方向邁進。路途中，他看到一隻烏鴉誤中陷阱，爪子被繩索套住了，不斷掙扎。小亨利從陷阱裏把牠抱出來，並解開繩索。烏鴉獲得自由後，說：「謝謝你，我會在你遇到困難時幫助你的！」說完，就飛走了。

小亨利繼續趕路。他在森林裏看到一隻狐狸正拚命追一隻大公雞。當大公雞逃到小亨利身邊時，牠懇求小亨利救牠。小亨利脫下衣服蓋住牠，然後到一棵大樹後面藏起來。狐狸只知道往前追，沒注意到大公雞不在前方。待狐狸跑遠了，小亨利放出大公雞。牠說：「謝謝你，我會在你遇到困難時幫助你的！」

小亨利又不停趕路。這時，天色漸漸暗下來，他來到一條又寬又深的河前。他無法過河，於是呼叫：「仁慈的仙女，請幫幫我吧！」

突然，那大公雞出現了。牠立刻變大，讓小亨利騎在背上飛過河，小亨利有禮地感謝大公雞後，繼續趕路。

小亨利走了好長一段路後，前面有一堵高牆擋住了去路，他又呼叫：「仁慈的仙女，請幫幫我吧！」

突然，一個巨人出現，對他說：「小朋友，你要越過高牆，就要先把牆前的葡萄樹上的葡萄摘下來，然後釀成葡萄酒。」

這可難不倒他，他在家裏早就做過這工作。幾天後，小亨利把釀好的一缸葡萄酒放在巨人面前。巨人從口袋裏拿出一根樹枝，送給小亨利，說：「你往後遇到什麼難題，只要用這根樹枝碰一下就能解決。」

小亨利用樹枝碰一下高牆，它就消失了，現出了一片麥田。當他正要往前走，卻有個一老伯擋住了路，他說：「小朋友，前面是一座高山，你要去做什麼？」

小亨利回答要到高山摘生命草來救媽媽。

老伯給他一把鐮刀，要他割完麥田裏的麥子，才讓他過去。這事也難不倒他，幾天後，他把一大片麥子割完了，老伯說：「小朋友，我是這兒的山神，我送你一個煙盒，你回家後才可以打開它。」

按照山神的指點，小亨利經歷了千辛萬苦，終於爬到高山，找到了仙女說的生命草。他把生命草放在口袋裏，想立即回到媽媽身邊！突然，小亨利先前救起的烏鴉飛過來，身體變大，然後說：「快騎到我的背上，我送你回家！」

小亨利回到家裏，告別了烏鴉，飛奔到媽媽身邊。他取出生命草，用力擠出汁液到媽媽口中。不久，媽媽睜開眼，變得精神多了。

她從牀上爬起來問：「這究竟是怎麼一回事，我好像睡了很久。」小亨利沒來得及回答，仙女便現身了。

她撫摸着小亨利的頭，並對媽媽講述了小亨利所做的一切。媽媽立即摟住他。原來，他在路上所遇到的烏鴉、大公雞、巨人和山神，都是仙女邀請的。她考驗小亨利的勇氣和毅力，同時暗暗幫助他度過難關。

仙女說：「小亨利，現在你可以拿出巨人和山神送的禮物！」

小亨利先取出巨人送的樹枝，碰了一下桌子，上面便出現了豐盛的佳餚；他又取出山神送的煙盒，一打開它，裏面立刻鑽出一羣小人兒。他們靈巧地在院子幹活，只花半個小時就建好了一座漂亮的房子，他們還在房子周圍種了許多芬芳的植物。

仙女告別母子，說：「小亨利，這一切都是屬於你的。今後，你仍要保持好品德，願你們永遠幸福。不要忘記，擁有美好的品德和孝順的情操，總會得到應得的獎賞。」

- 向着目標前進，即使面對各種難關，也要勇敢地克服，才能成功。

- 保持良好的品格和多做善事，當你遇上困難的時候，別人也會願意幫助你。

多一點想像

1. 如果你是仙女派去考驗小亨利的動物，你會怎樣考驗他？當他幫助你後，你又會如何幫忙他？
2. 你認為小亨利得到一切獎賞後，會去做什麼事情來令全家過得更好？

英國童話

魔豆樹

魔豆樹

從前，在鄉下住了一個寡婦和她的兒子積加，他們還養了一頭乳牛。母子倆的經濟來源只有將乳牛擠出來的奶，拿到市場上去換錢。一天，積加再擠不出乳牛奶了，母親便讓積加到市場賣走乳牛。

在離家不遠處，積加遇到一個古怪的老頭。他竟然知道積加的名字，還知道他要賣乳牛，就提出用三顆豆來交換。他説這幾顆豆能一夜生長到天空。積加聽得心動，就將乳牛交給老人，然後高高興興地拿着豆回家。

母親見積加空手回來，就欣喜地問：「賣了不少錢吧？」積加面有難色地對母親講述了他遇見那位老人的事，還拿出豆子給母親看。母親氣憤地說：「孩子，你太不懂事了，那是村裏最出色的牛，完全可以賣一個好價錢，可是你卻換回幾顆不值錢的豆子。哎，今天我們沒得吃了，你還是早點睡覺吧！」她說完氣得把豆子扔到窗外。

第二天早晨，積加往窗外一看，昨天被母親扔到窗外的豆，已經變成一棵長到天上的大樹了。他想，那老人說的話一點也沒有錯。

他從窗外探出身子，抱住魔豆樹，不停往上爬，爬到了天上，就看到一條寬闊的路。他沿着筆直的路走，看到了一幢高大的房子，門口站着一個女巨人。積加十分餓，請求她給點東西吃。

女巨人對他說：「我勸你快點走！我丈夫專吃小孩的，他馬上就回來了。」

「太太，我餓得受不了，請您給我一點食物吧！」積加不斷央求她。

她見積加可憐，就給他麪包和牛奶。正當他快吃完時，突然傳來了一陣陣沉重的腳步聲，震動得連房子也不斷晃動。

女巨人連忙將積加藏在爐灶。一個巨人進來了，還抱着三頭小牛。他把小牛往桌上一放，大聲地對妻子說：「太太，快烤兩頭小牛給我吃。咦？我好像嗅到了小孩氣味，我要吃掉他！」

女巨人連忙說：「昨晚你不是吃了男孩肉嗎？那是昨晚留下的氣味。」

積加想鑽出來逃走。女巨人阻止他：「別急，我丈夫用飯後會睡一會兒的，等他睡了你再走吧！」巨人飯後取出了兩袋金來數，數着數着就伏在桌上睡着了。

這時，積加趕緊從爐灶裏爬出來，拿起一袋金，飛快跑向魔豆樹。他把那袋金扔到了家裏後院，自己則順着魔豆樹滑到底。他將金交給母親，還告訴她這一切。他們就靠這袋金過日子。他們用完了金後，積加想起了魔豆樹，於是再爬到巨人的家，請女巨人給他一點食物。

女巨人認得他，就問他是否拿了那袋金。積加機智地請她先給自己食物，再告訴她。她好奇積加會說什麼，就給了他一些食物。他剛吃完，巨人又回來了。

女巨人又把積加藏進爐灶。巨人叫妻子拿出會生金蛋的母雞。他叫母雞生蛋，母雞就生下了一顆金蛋。

不一會兒，巨人又睡着了。積加悄悄爬出來，抱起母雞逃出房子，從魔豆樹滑到地上。他把這奇異的母雞拿給母親看，並對母雞說：「下蛋！」牠就下了一顆很大的金蛋。但從此牠卻再不生蛋了。

積加不甘心，決定再到巨人家裏碰運氣。這次他先躲在屋旁的草叢，趁女巨人打水時才溜進屋，躲在鍋裏。不一會兒，兩夫妻都進了屋。巨人又嗅到了小孩味。女巨人説：「那偷東西的男孩，一定躲在爐灶裏。」他們打開爐灶卻沒發現。女巨人就責怪丈夫總是混淆不同的氣味。

巨人叫妻子拿出金豎琴，他叫：「唱！」金豎琴立刻唱出動聽的歌曲。不一會兒，他睡着了。積加把一切都看在眼裏，他乘女巨人走開，就悄悄頂開鍋蓋，走到桌子旁，拿起金豎琴就往外逃。

剛走出門口，那金豎琴突然叫：「主人！」巨人被叫醒了，連忙追上前。當積加跑到魔豆樹那兒時，巨人離他只有十米遠。積加趕緊往下滑，巨人也不顧一切地撲上樹，使魔豆樹劇烈搖晃起來。

積加滑到地上後，立即叫母親拿來斧頭。這時，巨人的腳已經露出雲端了。積加舉起斧頭猛砍魔豆樹，樹斷了，巨人從魔豆樹上掉下來，一動也不動了。

從此以後，母子倆就靠金豎琴給人們唱歌，來獲取報酬，生活過得很好。

給孩子的小智慧

- 嘗試冒險，才有發現新世界的可能。
- 面對困難要保持冷靜，多動腦筋思考解決辦法。

多一點想像

1. 要是你是積加，你會再找那位老人去取得更多豆子，到天上探險嗎？
2. 如果要你改寫這個故事結局，你會怎樣寫？

英國童話

自私的巨人

文：張錫昌
圖：bawaner

自私的巨人

每天放學後，孩子們總喜歡到巨人的花園裏玩耍。

那是一個美麗的大花園。裏面不僅長滿嫩綠的青草和鮮豔的花朵；還有十二棵桃樹。孩子們在花園裏玩各種各樣的遊戲。玩累了，就坐在草地上聽鳥兒唱歌。

但花園的主人——巨人回來了。他七年前離家去看望朋友，他剛回到家，看見孩子們在自己的花園玩耍，就粗暴地把他們趕跑，還自言自語：「這是我的花園，怎能讓人隨便進來呢？」

他不僅在花園的四周築起了高高的圍牆，還在大門掛起了告示牌。上面寫着：「不准擅入，違者重懲。」

他真是個非常自私的巨人啊！

孩子們不能再到花園玩了，只好在破爛的街道玩。但他們根本不喜歡街道，所以仍然跑到花園的高牆外逗留。

春天來了，鄉間春意盎然。可是，巨人的花園裏仍是冬天。花園失去了孩子的笑聲，小鳥不肯唱歌，桃樹也忘了開花。美麗的花從草叢探出頭時，一見那塊告示牌，也馬上縮回泥地裏。

只有雪和霜感到高興，因為春天忘了花園，它們就可以長留這兒。

雪覆蓋着草叢，霜把樹枝塗成銀色，它們請來北風在花園裏吼叫，又請來雹，每天在巨人的屋頂上響鬧，直到把瓦片砸碎了才罷休。

巨人不明白為什麼春天還沒來。看着冰冷的花園，他多麼盼望春天到來！不僅春天不來，連夏天和秋天也不來，它們都認為巨人太自私了！

一天早晨，巨人醒來聽見很久沒聽到的音樂，原來是梅花雀在窗外樹上唱歌！冰雹已停止，北風也不吼叫了，春天來臨了！巨人在窗邊看到奇妙的情景：孩子們從牆洞爬進花園，又攀上桃樹。桃樹見孩子回來了，高興得用花朵裝飾自己；鳥兒快樂地飛舞歌唱；草叢中的花也伸出頭，露出笑容。但是，在花園最遠的角落，有個小孩在桃樹下哭。那棵樹仍然蓋滿雪，不時垂下樹枝鼓勵他爬上來，但他仍然爬不上去。

這情景令巨人很感動，他後悔道：「我太自私了。我終於明白為什麼春天不願到我的花園來。我要幫助那可憐的孩子，還要拆掉圍牆，讓孩子們自由地玩。」

他放輕腳步下樓，來到了花園。但孩子們一見到巨人，都十分害怕，紛紛逃走了。頓時，花園裏又變回冬天。只有那小孩眼睛裏滿是淚水，一時看不到巨人到來。

巨人悄悄來到他面前，輕輕把他放在樹上。這棵桃樹立刻開花，鳥兒也飛到樹上唱歌。小孩高興極了，抱住巨人的臉，親親他。剛才逃走的孩子，看到了這動人的一幕，不再害怕巨人了，紛紛跑回來。春天也跟孩子一起來了。

巨人推倒所有圍牆，親切地說：「這花園，現在是屬於你們的了。」

他與孩子一起玩了整整一天，從來沒有像今天那樣高興過。

天黑了，孩子們要離開，巨人很想親一親由他放到樹上去的小孩，可是始終沒有看見他。別的孩子說：「他已經走了。」

巨人要孩子們轉告那小孩明天再來玩。可是，孩子們都説不知道他住哪，以前也從沒見過他。

從那天起，孩子們每天都來這裏跟巨人玩。可是，巨人始終沒有看到那小孩再來。他對所有孩子都很和氣，但是，最想念的就是那個小孩。

時光飛逝，巨人很老了，沒精力再跟孩子玩，只能坐在扶手椅上看孩子和欣賞花園的景色。

一個冬日早晨，他看到窗外奇妙的景象：花園一角的一棵桃樹開滿美麗的白花；而樹枝是金色的，枝上有銀色果實。他一直尋找的小孩，正站在樹下。

巨人興奮地跑到花園，走到小孩的身邊。當他看到小孩手掌心上和小腳背上的兩個釘痕時，十分憤怒地說：「是誰傷害了你！」

那小孩回答：「不！這是愛的傷痕啊！」

巨人聽了，突然產生了一種奇怪的、敬畏的感覺，並跪在小孩面前。小孩對他微笑：「那天，你讓我在你的花園裏玩耍；今天，我要帶你到我的花園去玩了。那是天堂啊！」

當天下午，孩子們像往常一樣又來到花園裏玩，卻看到巨人躺在一棵桃樹下，滿身蓋着白花，去世了。

給孩子的小智慧

- 自私的人得不到他人的關愛，只會得到無盡的孤單。
- 無私的愛能為世界帶來幸福與和平。

多一點想像

1. 你認為巨人看見的那個小孩的身分是什麼？
2. 若你是巨人，你有什麼辦法吸引更多孩子來自己的花園遊玩？

青蛙姑娘

文：張錫昌
圖：SANDYPIG

青蛙姑娘

有個老婆婆，她有個漂亮女兒叫水芹。

教堂的女主教一向對這位鄰居老婆婆很不滿，她對漂亮的水芹更是心生妒忌。

一次，國王命令三位王子到全國各地巡察，他們三人風塵僕僕來到水芹所住的小鎮。水芹正好站在窗前梳理頭髮，三位王子看到她，頓時為她漂亮的容貌所傾倒，希望能娶到她。他們爭執起來，甚至要為得到水芹而拔刀爭鬥。

這一切被女主教看見了，她本來就妒忌水芹的美貌，現在知道三個王子要爭奪她，更是氣得要命。她立刻詛咒水芹，使她變成一隻青蛙，藏在一座橋洞下。王子們看到水芹突然消失，便停止爭鬥，回到王宮。

國王年紀大了，身體日益衰弱，他決定退位和挑選繼承者。於是，他召見三位王子，給他們三個考驗來決定繼承者。第一個考驗是他們須帶回一塊一百米長的亞麻布，而那布匹捲起來可以穿過一枚金戒指。

三位王子向國王道別後，就上路了。兩個哥哥動用了許多隨從和馬車，浩浩蕩蕩出發；小王子則獨自一人出去尋找。

他走到一條三岔路口，其中兩條路既平坦又寬闊，第三條路則既潮濕又泥濘。他選擇了走第三條路，一路上，他見不到亞麻布，路也越來越難走。他走累了，便坐下休息。突然，他看到橋洞底鑽出一隻很醜的青蛙，牠跳到小王子面前，講起了人話：「看你心事重重，你為了什麼在發愁？」

小王子道：「你是幫不了我的。」

青蛙懇切地說：「告訴我吧，也許我能幫你。」

小王子在牠再三追問下，終於把難題告訴牠。然後牠一頭鑽進沼澤。不久，牠就拖出一塊看上去不漂亮、只有掌心大的亞麻布，說：「這就是你要的亞麻布。」

小王子抬眼一看，那是塊很不起眼的亞麻布，初時他不太願意接受，後來想，總比空手回去好，所以就收下了，並向青蛙道謝。

他把沉沉的亞麻布放在口袋並回去，他兩個哥哥早已裝滿各種亞麻布回來了。

國王脫下戒指，讓王子們把亞麻布穿過去。大王子和二王子的亞麻布怎麼也穿不過戒指。小王子掏出的亞麻布細軟又潔白，輕而易舉就從戒指中穿過去。而那塊布張開的長度恰好是一百米。

國王高興得擁抱小王子。

國王出的第二個難題，是要他們找到能蹲在核桃殼裏的狗。三人都被難倒了。他們走到三岔路口尋找，小王子仍然選擇了潮濕又泥濘的小路。他又來到橋頭，不住歎息。

青蛙又出現了，這次小王子不懷疑牠了，還說出了第二個難題。青蛙從沼澤叼來了栗子，說國王一定會滿意的。小王子連聲道謝，就拿栗子回去了。

回到王宮，他兩個哥哥帶回很多活潑的小狗。國王拿出核桃殼，要他們把小狗放進去。那些狗當然無法走進小小的核桃殼裏。輪到小王子了。他鎮靜地拿出栗子，敲開它，一隻小巧的狗走出來，然後跳進核桃殼裏。

接着，國王說出第三個難題：帶回一個最漂亮的姑娘，就能繼承王位。這個條件最簡單，大王子和二王子都興沖沖出發了。

這回，小王子沒有信心了，前兩個難題都是青蛙幫他的，但青蛙怎能找到漂亮的姑娘呢？他絞盡腦汁都想不出辦法，走到了橋邊向青蛙傾訴。青蛙道：「我能幫你。回去吧，最漂亮的姑娘會跟在你後面。不過，當你看到身後的東西可不要笑！」然後牠往水裏跳。

小王子聽牠的話走了。他邊走邊歎息，因為他沒有抱任何希望。他走了幾步回頭看，竟看見六條大蛇拉着一輛漂亮的紙車。車前坐着一隻大蛤蟆；牠旁邊坐着兩隻小蛤蟆；有兩隻大老鼠，像是護衛；車裏端坐着那青蛙。

小王子很憂愁，國王要他找最漂亮的姑娘，他卻找了隻醜青蛙。但他心中感激牠，所以沒有取笑牠。

那車突然轉彎朝他駛來。他一看，紙車變成華麗的馬車，有六匹高大的黑色駿馬，車伕穿上禮服。車內的人是水芹，魔法已從她身上消失！馬車在小王子身邊停下來，他輕躍上馬車，坐在美麗的水芹身邊。

回到王宮，大王子和二王子帶回一羣豔麗的姑娘，可是，當傾國傾城的水芹出現，她們頓時遜色了。國王也為水芹的美貌所傾倒，立即宣布小王子是繼承人。

小王子和水芹結婚，從此過着幸福的生活。

給孩子的小智慧

- 我們不應該以貌取人。
- 要懷着善良的心去幫助他人。

多一點想像

1. 除了國王給王子們的考驗，你認為還有其他任務能展示小王子的仁愛與善良嗎？
2. 王子們因為美麗的水芹而爭鬥，你認為美貌重要嗎？

三個難題

文：張錫昌
圖：SANDYPIG

三個難題

有一個老木匠，他有兩個兒子。大兒子叫黑眉力，心腸很壞，做什麼事都要損人利己；小兒子叫漢克斯，心腸很好，做什麼事都會為別人考慮。可是，這個糊塗的老木匠卻很疼壞心腸的黑眉力。

一天，從城裏傳來一個消息：公主被巫婆抓走了。國王公告天下，如果有人能把公主救出來，就送他很多財寶，還會把公主嫁給他。那巫婆出了三個難題，誰能完成這三個難題，公主就可以得救。

老木匠交給黑眉力一匹馬和一把刀，叫他去試一試。黑眉力誇下海口：「等我成功後，我會用一輛六匹馬拉的大馬車，把大家接到王宮裏享福。」

一路上，黑眉力聽到鳥兒在枝頭上快樂地唱歌，就用石塊把牠們打得「撲撲」亂飛；看到樹叢旁有一個蟻塚，就故意騎馬把它踩爛；經過美麗的湖畔，他又拾起石攻擊在戲水的十二隻鴨子；他看到一個蜂窩，就用刀把它砍得粉碎，嚇得蜜蜂「嗡嗡」亂飛。

夕陽西下，黑眉力來到禁錮公主的城堡前，對着城門亂敲。一個老巫婆從小窗子裏探出頭來，黑眉力大聲對她說：「快開門，我是來救公主的。」

「天色已經很晚了，你明早九時再來，我給你開門。」老巫婆說完就把小窗關上。

第二天早上九時，當黑眉力來到城門時，老巫婆已拿着一桶亞麻種子在等他。她見黑眉力走近，就將這桶亞麻種子倒在草地上，說：「限你一個小時內把這些種子撿起來。」

黑眉力根本不當一回事，自顧自去玩了。一小時後，他連一顆種子也沒有撿起來。老巫婆又出第二道難題給他。她從口袋裏掏出了十二把鑰匙，全丟進城堡的護城河裏，要他在一個小時內把鑰匙撈起來。

那護城河的水又黑又深，黑眉力根本不願去撈鑰匙，只顧去玩。老巫婆回來時，他什麼也沒有做。可是，老巫婆還是帶黑眉力去見公主。

他走進城堡的大廳裏，看見有三個蒙面女人站在那兒。老巫婆要黑眉力從三個人當中找出公主。那三人穿着同樣的衣服，而且蒙着臉，他根本無法辨認出哪一個是公主，便亂猜：「右邊的就是公主。」

話音剛落，三個人都取下蒙臉的眼罩。原來，中間那個人才是公主。黑眉力亂猜的那人是隻妖怪，她一把抓住黑眉力，把他從窗口扔進了又黑又深的護城河中。

老木匠一直等不到黑眉力的消息，焦急得很。漢克斯懇求父親讓他去試試，同時也可打聽哥哥的消息。但老木匠不答應，漢克斯只好偷偷出發。

一路上，他靜聽鳥兒歌唱，不打擾牠們；看到了蟻塚，不但沒有損害它，反而幫助螞蟻過河；經過湖畔見到十二隻鴨子，就把牠們引上來，餵麪包屑給牠們；見到一羣蜜蜂，就幫牠們採花。

當他來到城堡，就向老巫婆說明來意。老巫婆同樣給他三道難題，如果他做不到，不僅無法救公主，連性命也難保！

漢克斯願意試試，老巫婆便將亞麻種子撒到地上讓他撿。可是他飛快地撿了四十五分鐘，還撿不到一半。正當他萬分焦急時，一羣螞蟻突然來了，很快就把種子全部撿好。老巫婆見了十分滿意。

接着，她將十二把金鑰匙丟進護城河，叫漢克斯撈起來。漢克斯毫不猶豫地去做，可是他費了九牛二虎之力也摸不到一把鑰匙。這時，十二隻鴨子游了過來，將鑰匙全銜上來。

然後，老巫婆要漢克斯從三個蒙面女人中辨認出公主，這次漢克斯沒辦法了。突然，他聽到「嗡嗡」聲，原來是蜜蜂飛來幫忙。公主喜歡吃蜂蜜和甜食，她身上的氣味與眾不同。一隻蜜蜂飛到公主身上，漢克斯就知道誰是公主。

漢克斯把公主交給國王，國王遵守諾言，把公主許配給他，還送他很多財寶。漢克斯和公主結婚後，立刻派出金馬車去迎接父母到王宮居住。

他們生活得很幸福，老木匠這時才明白，誰才是好孩子！

給孩子的小智慧

- 當個善良的人，為自己和別人帶來真正的幸福。
- 既自私，又不尊重他人，會令自己陷入困境。

多一點想像

1. 想像一下，如果你是被扔到護城河的黑眉力，你會後悔自己做過的一切嗎？後悔的話，有什麼補救方法？
2. 要是漢克斯沒有得到幫忙，他有其他方法解決難題嗎？

意大利童話

銀鼻子

銀鼻子

文：張錫昌
圖：黃裳

一個靠洗衣謀生的寡婦有三個女兒，她們辛苦工作仍要挨餓。女兒們很想到外面工作幫補家用。

一天，有個銀鼻子、穿禮服的紳士説能為寡婦的女兒們找到工作，問她們是否願意離家。寡婦不喜歡他，但為了生活，無計可施下只好問大女兒的意願。

大女兒一口答應了。她跟銀鼻子來到一幢豪華的房子裏，參觀了一間間漂亮的房間，還接過了房間的鑰匙。來到最後一個房間門口，銀鼻子説：「記住不能打開這房間，否則你會後悔。」

當晚，銀鼻子偷偷將一朵玫瑰花插在大女兒的頭髮上。第二天，他外出辦事了，大女兒忍不住打開最後的房間。推開房門的剎那，一股股濃煙和火舌噴出來，裏面有一羣被打入地獄的人在受煎熬。原來銀鼻子是可惡的魔鬼。她奪門而跑，火舌卻把她頭上的玫瑰花燒焦了。

傍晚，銀鼻子看到大女兒頭上的玫瑰花燒焦了，便立刻把她關進地獄。

第二天，銀鼻子向寡婦謊稱大女兒生活得很好，但家中工作太多，需要人幫忙，就請二女兒到他家裏。

他帶二女兒到各房間轉了一圈，同樣說不許打開最後的房間。入夜時，銀鼻子偷偷在她的頭髮上插了一朵石竹花。

隔天一早，銀鼻子又外出和留下鑰匙。二女兒好奇地打開了不該打開的房間，火舌同樣燒焦了她頭上的花，她還聽到姊姊的哀哭聲。

傍晚，銀鼻子看見二女兒頭上的花燒焦了，二話不說，就把她關進地獄。

其後，他又謊稱家裏工作多，請三女兒去幫忙。三女兒名叫露西亞，是姊妹中最機靈的。銀鼻子也帶她走了一圈，同樣說不准打開最後的房間。入夜時，銀鼻子在露西亞頭上插了一朵鬱金香。

第二天，露西亞梳頭時發現頭髮上有鬱金香，起了疑心，就把花插在水杯中。她還打開了最後的房間，看見在烈火中受煎熬的人，還聽到姊姊們呼救。

銀鼻子回來後，看到露西亞頭上仍插着新鮮的花，以為什麼事也沒有發生，便問她在這裏是否快活。

她説很快活，但有一件煩心的事，就是自己離家時，媽媽碰巧身體不適，她想去探望媽媽。銀鼻子便提出代替她去探望寡婦。

露西亞乘機提出要求。她會整理一袋要洗的衣服，要是媽媽身體好，就請媽媽幫忙洗衣。銀鼻子同意了。

乘銀鼻子不在，露西亞把大姊從地獄拉出來裝進袋，説：「你在裏面不要作聲。如果銀鼻子在路上想放下袋子，你一定要説：『我看見你啦！』」

銀鼻子回來時，露西亞把袋子交給他，要他直接送到媽媽那兒。她説：「我有個本領，就是能看得很遠。要是你把這袋子丟在地上，我會看得見的。」

銀鼻子覺得袋子很重，不過仍然扛着上路。他在半路上把袋子放地上，想看看露西亞有沒有搬走家裏值錢的東西。他剛想打開檢查，大女兒便在袋中叫：「我看見你啦！」

銀鼻子被嚇了一跳，原來露西亞真能看得這麼遠，他惟有扛好袋子，交給寡婦。

銀鼻子放下袋子後，寡婦告訴他，自己身體不錯。銀鼻子一走，寡婦打開袋就見到大女兒蹲在裏面。

一星期後，露西亞再請銀鼻子送「衣服」和詢問媽媽的身體狀況。二女兒躲到袋裏，露西亞叫銀鼻子扛起袋子送給媽媽。當他想打開袋子時，裏面又傳出聲音說：「我看見你啦！」

銀鼻子將第二個袋交給寡婦了。他一走，寡婦就放二女兒出來，並開始擔憂露西亞。

不久，露西亞思念起母親來。天剛黑，露西亞就對銀鼻子説頭痛，要早點睡。她把要洗的衣物裝在袋裏，如果她早上起不來，銀鼻子就自己去探望寡婦。

露西亞做了個跟自己一樣大的布偶放在牀上，蓋上被子，就像躺着般，而她則鑽到袋裏。

清早，銀鼻子見露西亞仍在牀上，就沒有驚動她，獨自上路了。他在路上說：「今早露西亞還躺着，現在我打開袋子，她總看不見吧！」他剛把袋子放下來，就聽到袋裏傳來：「我看見你啦！我看見你啦！」

他不敢放下袋子了，一口氣跑到寡婦那兒，急着說：「我得馬上回去！露西亞病了！」

寡婦把露西亞從袋裏救出來了！露西亞從銀鼻子那兒帶回了許多錢，一家人從此過上了幸福的生活。

給孩子的小智慧

- 有時候過多的好奇心會令自己陷入困境。
- 要學懂尊重並遵守他人訂立的規則，不要隨便越界。
- 細心和機智是解決問題的關鍵。

多一點想像

1. 假如這個故事在現代發生，露西亞能夠用什麼方法來解決問題呢？
2. 故事的最後，銀鼻子回到家發現露西亞和家中的財寶不見了，你能延續這個故事，想像一下他會怎樣做嗎？

鸚鵡

文：張錫昌
圖：郭中文

鸚鵡

一位商人有個漂亮的女兒。一次，他為了做生意而必須外出，但他知道有個壞國王在打他女兒的主意。

臨行前，他要女兒保證，在他回來前，什麼地方都不要去，不准任何人到家裏來，也不要接受任何人的東西。女兒答應了。不過，她獨自留在家太孤獨，於是提出了要求，希望讓窗外漂亮又會講動聽故事的鸚鵡與自己作伴。

商人欣然同意，把那隻鸚鵡捉來送給女兒。

姑娘跟鸚鵡在房間裏，鸚鵡開始說故事了：「從前，一位國王有個獨生女兒。為了使公主不寂寞，國王叫人做了一個跟公主一樣大小和美麗的布偶。當布偶與公主放在一起時，人們分辨不出誰是真公主。

「一天，國王、公主和布偶坐着馬車經過一片樹林，有一夥強盜來襲。結果，國王被殺，公主被強盜搶走了，而布偶卻留在馬車上。公主又哭又叫，強盜只好放了她。後來她被女王收留，做了僕人。女王很喜歡她，令其他僕人心生妒忌，千方百計想害她。

「一個僕人故意對公主說女王曾經有個兒子，但後來死了，公主就向女王問起這件事。女王聽了十分難過，因為她非常疼愛兒子，只要誰提起這件事都要被判死刑。但她可憐公主，只把公主困在牢裏。

「到了半夜，四個男巫師推着一個王子進入牢裏——那王子正是女王的兒子！但他如今卻成了巫師的囚徒。」

說到這裏，僕人送來壞國王的信。故事來到緊張關頭，姑娘急於聽下文，便說：「父親回來前，我決不會接受任何信。親愛的鸚鵡，請你繼續講。」

僕人將信帶回了。鸚鵡繼續：「女王得知公主沒有進食了，又擔心她，便將她召來。公主趕緊説王子還活着，但被囚禁了。女王又驚又喜，半夜趁着男巫師把王子帶出來訓練時，派出衞士救王子。最後，女王還讓王子和公主結婚。」

這時，又有僕人敲門要姑娘讀信。姑娘認為故事聽完了，便準備讀信。

鸚鵡連忙道：「不，還沒完，公主不願結婚，只向女王要了少許錢和一套男裝就到別國。那兒的王子整天説胡話，醫生們都無計可施。公主女扮男裝，聲稱是有名的外國醫生，要求為王子診症。國王答應了。當晚，她發現王子的牀下有一道門。」

到了緊張關頭，又有人來敲門，自稱是姑娘姨母要見她。其實那是壞國王派來的。姑娘急於聽故事，拒絕了。

鸚鵡繼續：「公主在門後的地下室見到一個老婆婆在煮王子的心。原來，國王之前殺害了她的兒子，現在她來報復了。公主偷偷撈出王子的心，回到地面，讓王子吃下去，病就痊癒了。國王曾答應誰治好王子的病的人就能得到半個王國，而公主更能和王子結婚。」

故事有了一個美妙的結局，姑娘便準備接待那老婆婆。

鸚鵡連忙道：「不，故事還未完呢！公主又拒絕結婚，到另一個城市去。那兒的王子被符咒鎮住，講不出話。公主答應給他治病。她藏在王子的牀下，悄悄觀察房間裏的一切。入夜，她看見有兩個妖精從窗口進來，取出王子嘴裏的一塊小卵石，王子就能夠講話了。妖精離開時，又把小卵石放進王子嘴裏，他又啞了。」

這時，又有人來敲門説要見姑娘。故事正講到緊張的地方，她沒有理會。

鸚鵡繼續說：「第二晚，公主又鑽進牀底。等妖精取出小卵石放在牀上時，她輕拉牀單讓卵石掉在地上，然後趕緊把它放進口袋。妖精離開時找不到卵石，只好溜走，王子的病便好了，還任命公主為宮廷醫生。」

這時，敲門聲又響起，姑娘想叫人進來，鸚鵡又說：「還未完呢。公主不想當醫生，又跑到別國去。這裏的國王愛上了在樹林發現的布偶，一直待在房間不出來，只看着布偶傷心地哭。公主說這是她的布偶。國王見她和布偶長得一模一樣，就康復了，還宣布公主就是他的新娘，從此二人過着幸福的生活。」

外面又有人敲門——商人回來了。

姑娘連忙出去迎接父親。商人說：「你真聽話，說到做到。」

他倆回到房間，看到一位英俊的青年正站在鸚鵡原來的位置。青年有禮地說：「請你們原諒，我是喬裝成鸚鵡的國王，我一直愛着這位姑娘。我知道有個壞國王千方百計引誘她，於是我披上鸚鵡羽毛來講故事逗姑娘高興，使他不能得逞。現在，我已達到這目的，可以向姑娘求婚了。」

商人十分高興，同意了這門親事。

給孩子的小智慧

- 在關鍵時刻採取適當的行動，好好運用智慧，確保事情能在自己掌控之中。
- 學習運用口才，能加強影響力和說服力，解決很多問題。

多一點想像

1. 你是鸚鵡的話，會給商人的女兒說什麼故事來拖延時間，直至商人回來？
2. 鸚鵡講的故事，裏面的公主到處歷險，她最後和一位國王結婚，你認為她之後還會到處歷險嗎？

小朋友，閱讀《世界童話故事繪本》後，

還可以看同系列的《世界名人故事繪本》呢！

世界童話故事繪本

編　　著：宋詒瑞、張錫昌
繪　　圖：李亞娜、李成宇、SANDYPIG、山貓、Spacey、
　　　　　黃裳、郭中文、馬特、bawaner
責任編輯：黃碧玲
美術設計：徐嘉裕
出　　版：新雅文化事業有限公司
　　　　　香港英皇道 499 號北角工業大廈 18 樓
　　　　　電話：(852) 2138 7998
　　　　　傳真：(852) 2597 4003
　　　　　網址：http://www.sunya.com.hk
　　　　　電郵：marketing@sunya.com.hk
發　　行：香港聯合書刊物流有限公司
　　　　　香港荃灣德士古道 220-248 號荃灣工業中心 16 樓
　　　　　電話：(852) 2150 2100
　　　　　傳真：(852) 2407 3062
　　　　　電郵：info@suplogistics.com.hk
印　　刷：中華商務彩色印刷有限公司
　　　　　香港新界大埔汀麗路 36 號
版　　次：二〇二四年五月初版

ISBN: 978-962-08-8383-5

18/F, North Point Industrial Building, 499 King's Road, Hong Kong
Published in Hong Kong SAR, China
Printed in China